파킨슨 아저씨

황금알 시인선 262
문학청춘작가회 동인지 5

파킨슨 아저씨

초판발행일 | 2022년 12월 24일

지은이 | 이일우 외
펴낸곳 | 도서출판 황금알
펴낸이 | 金永馥
주간 | 김영탁
편집실장 | 조경숙
표지디자인 | 칼라박스
주소 | 03088 서울시 종로구 이화장2길 29-3, 104호(동숭동)
전화 | 02)2275-9171
팩스 | 02)2275-9172
이메일 | tibet21@hanmail.net
홈페이지 | http://goldegg21.com
출판등록 | 2003년 03월 26일(제300-2003-230호)

파킨슨 아저씨

문학청춘작가회 동인지 5

황금알

| 발간사 |

다섯 살, 춘이

집 앞 골목에 멧돼지가? 그래, 그 옛날 제 땅이었다는 시위란
다 지구 저편 어린이 놀이터는 캥거루 놀이마당이 되었다나?

또 감기가 유행이래요 감기의 변신속도가 무섭구나 사랑의 변
신은 무죄라던데요 그런 말 어디서 들었니? 나가 놀지 말아라
개구쟁이 스머프가 제일이다

장마 지나고 집중호우 몰아치더니 태풍이다 뒤집히고 날아가
고 무너져 잠기고 …… 엄마, 텔레비전에서 비린내가 나요 채널
바꿔보려무나 바꾸면 업된단다

가창오리 떼가 방탄보다 멋져요 철새한테 빠지면 텃새가 있는
지를 잊게 되지 고개 들고 창문 열어 봐라 새소리 들리지 않니?

엄마, 밖에 나갈래요

눈이 오려나 꾸물거리는 날이다 춘이가 운동화를 꺼내 신는다
하필 …… 다섯 살, 춘이 봄이 오면 학교에 간다

문학청춘작가회장 이일우

차 례

시 〰〰〰〰〰〰〰〰〰〰〰〰〰〰〰〰〰〰

수필 ﹏﹏﹏﹏﹏﹏﹏﹏﹏﹏﹏﹏﹏

김요아킴

1969년 경남 마산출생, 경북대 사대 국어교육과 졸업.
2003년 『시의나라』와 2010년 『문학청춘』 시부문 신인상 등단.
시집 『가야산 호랑이』 『어느 시낭송』 『왼손잡이 투수』 『행복한 목욕탕』
『그녀의 시모노세끼항』 『공중부양사』와
산문집 『야구, 21개의 생을 말하다』
서평집 『푸른 책 푸른 꿈』(공저). 2014년 『행복한 목욕탕』
2017년 『그녀의 시모노세끼항』 2020년 『공중부양사』가
한국문화예술위원회 문학나눔 우수도서로 선정,
2020년 제9회 백신애 창작기금 수혜.
한국작가회의와 한국시인협회 회원,
현재 부산 경원고등학교에서 국어교사로 재직 중.

이메일: kjhchds@hanmail.net

별을 기억해야 할 아침

이미 건널 수 없는 강을 건넜댔죠, 무슨 의미인지
– 강허달림의 노래 '미안해요' 중에서

해장국 한 숟가락마다 건져지는 취기 속으로
어젯밤 별 하나가 불쑥 배어들었다

식당 아지매들의 제문祭文 같은 수군거림은
양념처럼 혀로 감기었다

새파랗게 달콤한 나이에, 무슨 쓰디쓴 일 있었기에
얼마나 매운 마음으로 그리했는지

건너편 빌딩의 후미진 자리로
서빙 하듯 눈길을 던진 오늘 아침

신도시의 불빛이 마스크를 걸친 채
별빛을 감추며 나를 포획했던, 그 시간들을 기억해냈다

사건 현장에 꼭 다시 나타나는 범인인 양
서둘러 그 별의 잔해를 찾으려 나섰지만

이미 지워진 증거 대신 쇼윈도의 핸드폰들만이
세 개의 별로 요란히 환생하고 있었다

황새왓에서

성호를 긋고 올려다본 하늘은
역사처럼 잿빛으로 침묵하고
까만 날갯짓이 그 미로를 재단하며
저 먼 한라까지 잡아당긴 오감도鳥瞰圖엔
불안한 13인의 아해가 최후의 만찬으로
영원한 부활을 증거하며
열십자 복판에서 주기도문을 외는 사이
가난한 목자보다 더 헐벗은
섬사람들의 장두가 된
약관의 세월로 다져진 형형한 눈빛이
관아를 향해 진을 치던
그 죽창의 서늘한 기운으로
분노와 사랑의 모순을 단박에 찌르며
한 점 별이 된 신축년의 운명을
고스란히 기록한 이 순교의 땅, 그 옛날
황새가 많이 내려앉았다는 유토피아를 꿈꾸며
서로에게 박해받은 모든 영혼을 위해
두 손 모아 나직이 읊조리며
다시 성호를 긋는다, 아멘

* 황새왓은 제주 '황사평'의 옛 지명임.

송정, 그 바닷가

파도는 마스크를 쓴 채
입을 다물었다

정자를 에워싼 죽도의 솔들이
그렁대는 해수의 천식을 틀어막는 사이
고깃배의 불빛이 나뒹굴고 있다

두 번의 강산이 바뀌고 더 지난
아내와 생을 약속했던 그 자리엔
노을 대신 네온사인으로 휘황하다

기억처럼 끄집어낸 그때의 속엣말은
삐죽 솟은 콘크리트에 메아리치며
자동차의 굉음에 파묻혀 버렸다

가끔씩 기적을 일으키던 동해남부선은
세월에 입도선매 되어, 결국
진통제로 버티던 추억마저 앗아갔다

마스크를 벗지 못한 송정 앞으로, 지금
욕망에 갇힌 비말들이
낯선 수음手淫을 즐기고 있다

진화하지 못한 우리들 느낌표가
지구별 한 귀퉁이에서
소문 없이 자가격리 중이다

김선아

2011년『문학청춘』시부문 신인상 등단
시집『얼룩이라는 무늬』『하얗게 말려 쓰는 슬픔』
제3회 김명배문학상 수상

이메일: treeksa@daum.net

나의 편애

빽빽하던 모래가 회오리친다. 고비사막도 뿌리치고 싶은 육신을 지녔음이 분명하다. 태풍 바비에 이어 마이삭이 몰려온다. 하늘도 칙칙하고 둔한 찌꺼기를 울컥 비워낸다. 사마귀에겐 먹어치우기도 하고 먹히기도 하는 그 공허의 순간이 화양연화다. 죽었다 깨나도 패대기칠 수 없는 이 풍진 세상이라니, 영혼 속 내장, 똥 다 발라내어 끓이는 멸치육수 같은 육탈 의식을 나는 특별히 편애한다.

얼음 혀가 말랑말랑해졌다

내 말뜻이 고드름처럼 한사코 쩌릿쩌릿했는지

아랫입술 내밀어 윗입술 기다렸으나
얼음 입술, 얼음 혀에 놀라 연애가 뒷걸음질 쳤다.

오른 가슴 열고 왼 가슴을 불렀으나
뛰어오던 연애가 두꺼운 빙벽에 부딪혀 미끄러졌다.

절친인 절망에게 연애를 빼앗겼다.

입술은 연애의 깊이를 재는 체온이었다.
미안하다,
울었다.
얼음 혀가 말랑말랑해졌다.

빙벽 문고리는 심장에 불길들일 줄 아는 사람 거였다.
잘못했다,
크게 울었다.
겨울눈이 빙벽에 몽글몽글 맺혔다.

이번 연애는 쾌청할 것 같다.

하늘에 겉돌지 않게
감천의 시간이 보들보들해질 때까지
내 멱살 틀어쥐려다
울었다.

슬픔을 쪼개 주는 이 있었으면 좋겠다

이를테면 가슴 혹 떼어내고 봉합한 7㎝ 흉터에
다시 재발한 3㎝ 혹 같은

넝쿨성 슬픔을 지고 가야 하나 안고 가야 하나

참으로 기막힌 말문들
쪼개고 나누고 다발로 묶어내는
분업 방식을 고안해낸 재주 많은 이 있었으면 좋겠다.

대학병원이 있고
고별, 고독, 고통이 있고
그 앞앞마다 화환 즐비하지만

이를테면 생사의 폭발이나
슬픔의 블랙홀을

잔치국수처럼 가늘게 뽑아 누구나 한 젓가락씩 먹기 좋게
알약을 꽃향기처럼 흡입하기 쉽게

육개장 속 쇠고기만 하게
슬픔을 찢어주는 손 빠른 이 있었으면 좋겠다.

민창홍

1960년 충남 공주 출생
1998년 계간 『시의나라』와 2012년 『문학청춘』 시부문 신인상 등단
제4회 경남 올해의 젊은작가상, 경남문협 우수작품집상,
창작(문학)예술상 수상,
『닭과 코스모스』 2015 세종 도서 나눔 우수도서 선정
시집 『금강을 꿈꾸며』 『닭과 코스모스』 『캥거루 백을 멘 남자』
『고르디우스의 매듭』
서사시집 『마산성요셉성당』
계간 『경남문학』 편집장 및 편집주간, 마산교구가톨릭문인회,
문학청춘작가회, 민들레문학회 회장 역임
현재 마산문인협회 회장, 경상남도문인협회 부회장,
경남시인협회 부회장, (사)시사랑문화인협의회 영남지회,
경남문학관 이사, 한국문인협회, 한국시인협회 회원,
성지여자고등학교 교장

이메일: changhongmin@hanmail.net

마스크 7
— 벌

커피를 앞에 놓고 조간신문을 편다
인류의 재앙을 경고하는 공포의 사진들
뿌연 하늘에 인화되어 날리고

창밖으로 목을 빼고 햇빛을 향하더니
앙증맞게 하얀 꽃 드러낸
유자나무 화분

감춰진 가시 푸른 잎 사이로
당당하게 머리든 꽃들이 꿈꾸는
노란 열매의 날은

벌이 날아와야 하는데
버튼을 누르면 얼마든지 나오는 기계처럼
베란다 문을 열어놓고 기다린다

아, 모르고 살았구나
벌도 마스크를 쓰고 있음을
누르기만 하면 무엇이든 나온다는 착각

신문지를 깔고 생명을 찾는다
윙윙 꽃술을 부지런히 찾아다니는 붓
엉거주춤 벌서는 날

마스크 12
— 풍장

장마가 끝난 나루터
강물에 발을 담근 억새와 호박 넝쿨이
검은 흙탕물 뒤집어쓰고 산을 바라본다

길을 막는 코로나 감염병
자식의 안부가 요양원에 전해지지 못하고
노모 잃은 슬픔이 흘러가는 강

하얀 천으로 가려진 얼굴
오직 한 사람의 눈으로 확인하고
불구덩이로 보내야 하는 마지막 인사

둑이 무너지고
쓰나미가 밀려오는 강가에서
입을 막고 오열하는 억새

석기시대로 흐르는 저 강물에
주검을 뿌린다
홀가분하게 날아가는 영혼

흔들리는 풀잎들 사이로
새와 고양이와 먹구름이 지나간다

마스크 15
— 잔도棧道

강물이 와락 끌어안을 것 같은
산에서 흙더미가 쏟아져 덮칠 것 같은
벼랑 끝

길이 뱀처럼 기어간다

원죄의 모습으로 길은 희미한데
바람은 안개를 맵게 피워내고
나는 물안개에 취해
물에 빠진 해를 잡고 몽롱해져서
잔잔한 기침을 한다

열이 나고 목이 아파서 하얗게 보낸 밤
지팡이를 든 노인이 안개를 걷어내면
어부는 신선처럼 노를 젓고

뱀이 길처럼 유영한다

독이 퍼져가는 절벽에서

하얀 분말에 녹아내리는 기침
그물에 걸린 물고기도 놀라서 발버둥을 친다

다시 강물이 잔잔해지고

허리 굽은 노인이 사라진 곳
이정표가 선명하다

엄영란

2012년 『문학청춘』 시부문 신인상 등단
시집 『장미와 고양이』

이메일: yran0624@hanmail.net

분홍

분홍으로 핀 꽃나무 아래를 지나왔어
분홍으로 핀 꽃나무 아래에서 멈췄어

분홍이 확 쏟아질 것 같았어

해바라기

부차의 하늘이 가까이 내려앉는다 이곳의 하늘은 어느 쪽
에도 빛은 내려오지 않는다 고층 아파트들이 철근을 늘어뜨
리고 부서진 채 서 있다 집집마다 창문이 있던 자리에 하늘
이 퀭하다 저 어둠은 무엇으로 시작되어 무엇으로 사라지는
가? 삶의 소리들이 지워진 거리 형체들은 모두 정지되어 있
다 사나흘 전에도 누워있던 사람들이 그 자리에 그대로 누
워있다 길모퉁이를 돌던 차에서 한 사내가 손을 들고 내린
다 기다렸다는 듯 총을 든 군인이 다가오고 그는 쓰러진다
다시 일어나지 않는다 한 발의 총성이 한 사람의 목숨을 거
둬간다 죽은 자는 어떤 절규도 하지 않는다 엄마는 아이의
맨살에 꾹꾹 눌러 글씨를 쓴다 "저희 아이가 엄마 손을 놓치
면 보호해 주세요." 아이는 간지러운지 등을 들썩거리며 깔
깔거린다 머리카락이 제멋대로 늘어진 아이의 등에 글씨가
곧 지워질 것 같다 길에는 탱크들이 줄지어 지나간다 한 무
리의 군인들이 주검들 사이로 지나간다 군복색 티셔츠에 조
끼 하나를 걸친 젤렌스키 대통령이 부차의 거리를 돈다 그
는 동굴 같은 눈으로 두 손을 치켜들며 소리친다 "이건 아닙
니다. 이 모든 것을 두고 누구든 침묵만은 말아주십시오" 그
의 외침이 주검들 속으로 퍼져 나간다 죽음을 넘고 넘어 떠

나고, 또 떠나고 사람들이 떠나간다 비닐봉지 하나를 들고 혼자 울고 있는 소년, 갓난아이를 품에 안고 가는 여인 아이를 목마 태우고 떠나는 아비 가족일 것 같은 주검 앞에서 차마 떠나지 못하고 우는 사람들, 가방 하나에 온 삶을 담고 그저 아득한 얼굴로 간다 철로가 끊어졌다고 기차는 떠날 수 없다고 수군거리며 기차역으로 간다 그때 가까운 곳에서 섬광과 함께 폭발음이 들린다 팔이 날아가고 몸이 찢어지고 아이들이 튀어 올랐다 떨어진다 포탄 속에 또 포탄이 들어 있는 금지된 무기가 예고 없이 광장을 붉게 물들인다 왜 죽는지 왜 죽어야 하는지 모르는 사람들의 외마디 비명이 여기저기 흩어진다 하늘이 더욱 낮다 부차의 텅 빈 들판이 더 낮은 곳으로 흐른다 널브러진 주검들이 파리 떼처럼 흐른다 그 위로 키 작은 해바라기들이 흔들린다 해가 없는 들판에 해바라기만 노랗다 노랑만 지천이다 산 자들이 해바라기 한 송이씩 들고 주검 옆을 지나간다

그랑프리 빵집

전철역 가는 길모퉁이에 그랑프리 빵집이 있다
빵 빵 3개 2000원이라고 쓰인
빛바랜 현수막이 안을 반쯤 가리고 있다

판자로 만든 좌판에는
팥빵, 소보로빵, 소라빵, 소시지를 말아 구운 빵 빵 빵들
이 가지런히 진열되어 있다
얼굴도 몸도 빵 같은 아주머니는 비닐봉지에 든 빵을
이리 재키고 저리 재키며 다시 줄을 맞춘다
그녀의 손놀림이 백 년을 이어 온 것처럼 익숙하다
담장 너머로 덜커덩거리는 전철 소리 요란하고
빵집 앞에는 아무도 없다

갓 구운 빵 냄새가 어두컴컴한 현수막 뒤에서 번져 나온다
흰 투구 같은 모자를 쓴 사내가 어른거린다
이스트에 부푼 그의 모자가 높다

그랑프리가 되고 싶은 모자가
그랑프리가 될 것 같은 모자가

빵빵 3개 2000원은 여전히 펄럭이고

그랑프리 빵집은 그랑프리 빵으로 채워져 있다

2013년『문학청춘』시부문 신인상 등단
제1회 문학청춘작가회 동인지 작품상 수상
시집『가라앉지 못한 말들』『두근거리는 지금』등
산문집『늙음 오디세이아』등
문학청춘작가회 초대회장, 한국의사시인회 초대회장.
서울의대 및 동 대학원(의학박사), 한림의대 교수
현재 의학과문학 접경 연구소장, 쉼표문학 고문,
한림의대 명예교수, 씨엠병원 내분비내과 과장

이메일: hjoonyoo@gmail.com

영상 통화

눈을 크게 뜨고 보란다

눈 부릅떠 쳐다보고 있을 때
화면에서 휙 실바람 한 움큼 불어오며 중얼거리는 말
걸어오는 다리를 본 게 아니라 사람을 보았지
날아가는 새 소리를 본 게 아니고 새를 보았지

더 자세히 보려고 눈을 감는다
뜰수록 안 보이는 살갗에 닿고 싶어 눈을 감는다
더 깊숙이 만져 보려고 눈을 감는다

새의 눈으로 사람을 보고
사람의 눈으로 대화를 보고
대화의 눈으로 또 사람을 보다가

서둘러 눈을 크게 뜬다
감을수록 꿈마저 보일 듯하여

청진기의 귓불

도로 하나를 사이에 두고
영등포 쪽방촌에 다녀왔다
백화점과 병원 전광판들
도시의 마른기침에 단 한 장의 보조금 전단지가
팔랑대는 실골목마다 간신히
노을에 쓸려 비집고 들어서는
맥 뛰고 숨 쉬는 하루치 소리

통증과 우울이 가까스로 들려
소리 그대로 효험 있을 거야
그래도 종이 처방전은 발급해야 해
몇 개월 복용할 하루치라도

번쩍이는 광고 불빛 틈틈이
조각조각 찢긴 노을에
4차선 되건너 오던 청진기 귓불이
승용차 브레이크등처럼 깜빡깜빡 물들었다

겨울 눈썰미

쩡쩡한 바람
거리가 얼고 기척이 성글다

꽁꽁 싸맨 눈과 눈의
갈피에 들어차는 걸
눈썰미라 부르면

감기에 열돋는 썰미
해열제 무게로 눌러놓은 두통이 쿨럭거릴 때마다
멀리 흩날리는 눈발이 더 가깝다

세상 만물에 색이 있다니
아, 오늘은
눈썰미가 하얗게 쿨럭댄다

정은영

1976년 경북 의성 출생, 상주 성장
2013년 『문학청춘』 시부문 신인상 등단

이메일: elleyjung@gmail.com

아이리스Iris

밤의 거리에서 홍채는
마음에 드는 빛만 빨아들인다
부챗살처럼 펼쳐진 화려한 빛 번짐이
마음의 안전지대를 건드리며 참견한다

갓길을 가던 악어 한 마리 천천히 나를 따른다
큰 가지를 모두 베인 폭낭 한 그루
곁가지의 잎눈들 도로 얼어붙는다

악어는 딱딱 이를 마주치며 걷는다
잠시도 다른 쪽은 쳐다보지 않는다
걸을 때마다 바짝바짝 발을 들게 된다
악어가 추격하면 기어이 나는 쫓기고 만다
언덕을 오르며 사정없이 신발이 미끄러진다
악어는 나를 향해 커다란 입을 벌리고
이대로 악어 속으로 들어가 악어가 되는 걸까

긴급했다, 여기쯤, 문이 있어야 하는데
있어야 했지만 없는 문을 두드리며 다급한 동안

악어는 나를 통과하고 벽을 통과해 쉬지 않고 간다
딱딱 윗니 아랫니를 정확히 부딪치며
삼킬 수 없는 수수께끼를 오독오독 씹으며
눈을 깜빡이지 않고도 악어는 소리 내어 웃을 줄 안다

문은 없다 어디에도 악어가 없듯
눈알을 굴리며 보이는 것을 샅샅이 되짚어봐도
아무것도 부서지는 것이 없다

동공들Pupils

소금기
남은 빈
피클병 속에
뒹구는 겨울
붉은 해와
동백
씨

노래해
진실에 가깝지만
비밀은 모르고
거세지는 회오리
홀씨 되어
민들레
호옵,

새
불안을
반사하는

공동空洞

고요히
추락할 때
나아가는
눈빛

활 없는
저녁의
과녁

한계를
모르는
열망과 꿈

가邊를 따라
쉼 없이
찰랑이는
망망茫茫

환해진
달빛

그림자

김미옥

경북 의성 출생
2014년『문학청춘』시부문 신인상 등단
시집『어느 슈퍼우먼의 즐거운 감옥』
선경문학상운영위원

이메일: ioi103408@hanmail.net

뚝배기

어머니 산소에 잔디를 입히고
돌아오는 길에 뚝배기 국밥집에 들렀다

김이 모락모락 나는 선짓국을 시켜놓고
죽은 피를 후후 불어먹었다

삶의 밑바닥을 쉼 없이 달궈가며
날것들을 순하게 다독이던 뚝배기
뚝배기처럼 견디던 어머니

무를 툭툭 자르고
파를 설겅설겅 썰고
콩나물을 데쳐 넣고 마지막으로
당신의 선혈 한 줌 넣어
펄펄 끓여주던 국밥

그 속에 보글보글 끓어 넘치던 날들
더운 그릇 하나

의성 사촌리 뒷산에
엎어진 채로 푸른 봉분이 된
뚝배기 하나가 있다

베타의 날

사각 어항 속에서 베타가 우아하게 춤을 춰요 몸의 절반이나 되는 지느러미를 펼치면 화려한 발레리나 튀튀 같아요 혼자만의 테두리 안에서 끝없이 춤을 춰요

하루 세끼 챙겨주면 베타는 말없이 춤으로 창을 열어요 사람들은 어항 속을 바라봐요 베타가 행운을 가져다준다고 믿기 때문이에요 가끔 공격의 자세로 지느러미를 세울 때가 있지만 그러려니 해요 저도 삶의 방향을 바꾸고 싶을 때도 있겠지요

베타는 에너지가 넘쳐 보여서 좋아요 하얀 지느러미가 물을 밟고 탁! 쳐대는 몸짓을 보면 나도 베타 같아요

일터와 집을 향해 지느러미를 흔들죠 거친 숨을 참고 온몸으로 당신을 향해 지느러미를 세우죠 이 계절은 더디게 지나가는 것 같아요 어항 속 베타가 물끄러미 나를 바라봐요 함께 춤을 출까요

태풍이 휩쓸고 간 벚나무에도 지느러미 같은 꽃이 피었어요

우리는 누구나 껌처럼 살아가잖아요

마트로 배달 온 두부장수에게 커피 한 잔 건넵니다

거참! 황당한 일이유 내가 무슨 생각에선지 씹던 껌을 종이에 싸서 버렸걸랑유 그리고 두부 배달하고 나서 차를 막 출발하려는디 어떤 아줌씨가 차 앞을 턱 허니 가로막잔아유 의아해서 고개를 빼는 내게 글씨 갑자기 무언가를 얼굴에 확 집어 던지는 거시유 바닥으로 떨어진 종이를 펴보니 아 글쎄 내가 금방 씹다 버린 껌 아니것슈 무안혀서 얼굴이 불을 지른 듯 달아오르는디 그 아줌씨는 계속 무어라 궁시렁거리잔유 미안하다 고개를 주억거리고 오긴 했는디 아 그때부터 그놈의 껌이 얼굴에 달라붙어 영 떨어지지 않는 거유 남은 두부를 다 배달할 때까지 껌이 착 달라붙어 영 떨어지지 않는 거유 일을 떡치고 집에 돌아와 잠들 때까지도 맴을 떡치더니 꿈에서조차 그 아줌씨가 씹기 전 파르라니 날선 껌으로 내 얼굴을 야멸차게 후려치는디 사실 나는 쓰레기도 함부로 버리는 사람이 절대 아니쥬 왜 씹다 버린 껌이 되고 말았는지 영 모르것슈 에유 이놈의 두부 장사 때려치우고 말까 봐유

껌딱지 같은 두부 상자를 어깨에 메고 링링이 휘몰아치는 오후 속으로 두부 장사는 가고 마트 의자에 앉아 내 안의 껌

을 헤아려 씹는 동안 파란 하늘이 쭉쭉 늘어나 햇빛 풍선을
마구 터트리고 있다

이강휘

2014년 『문학청춘』 시부문 신인상 등단
시집 『내 이마에서 떨어진 조약돌 두 개』
마산무학여자고등학교 재직 중

이메일: hwiyada@naver.com

탈춤

마스크가 눈에 익으면
맨얼굴이 탈이 돼요
거리마다 탈 쓴 사람들이 걷고 있어요
그게 마치 탈춤 같아서
나도 신명이 나죠.

몇 번을 만났든 상관없어요.
어차피 서로 정체는 알 수 없죠.
실은 알아도 모른 척하는 게
이 세계의 불문율이래요. 입을 닫아야 하죠.
그러니 진짜 목소린 숨기고
숨긴 뒤엔 어디엔가 묻어두고선
거리로 나와 춤을 추겠죠.
그땐 이름 모를 유행가가 나올 거고요.
다들 어깨를 들썩이며 흥을 낼 거예요. 아무도 모르게.
누가 누구인지, 어쩌면
알면서도 모른 척하며

정체를 밝히기 위해 우린

정체를 숨겨야 하죠.

그래야 더 신이 난대요.

그러니 마스크를 끌어 올릴 수밖에는 없어요.

시험이니까 벌어지는 일이에요

여전히 고개는 떨구어져 있고요. 중력은 거셉니다.
팔을 들어 펜을 잡아도 곧잘 떨어뜨리죠.
줍지도 못해요. 지면이랑 중력은 꽤 친하죠.

그러니까 벌어질 일이 벌어진 거예요.

아폴로 11호가 달에 간 건 중요치 않아요.
중요한 건 결국 돌아왔다는 거죠.
우리가 기억하는 게 아니라
중력이 기억시킨 거예요.

여전히 고개는 떨궈져 있고요.
여기서 벗어나긴 글렀어요.
이 고개나 저 고개나 그 고개나
내어둔 길을 따를 뿐이죠. 별수 없어요.

그러니까 벌어질 일이 벌어졌단 말이에요.

편집자님께

변명은 아니고요.
새로 구해놓은 연필깎이로 곱게 깎아둔 연필이
글쎄, 책상 위에서 사라졌더라고요.
연필 없이 출근하는 건 벌거벗고 목욕탕에 들어가는 일이
에요.
고개를 들어도 하늘이 보이지 않으니 숨이 가쁘죠.
입과 입이 전투를 치르는 동안에는 잠시나마 숨을 골라요.
그래 봐야 밤이 되어야 돌아올 수 있는 건 변함 없어요.

그래도 퇴근길은 조금 나아요. 적어도 하늘은 보이니까요.
마침 어제는 살이 오른 별이 떴어요.
글쎄, 온종일 찾던 시어가 저기 있는데
아시다시피 제겐 연필이 없었단 말이에요.

그래서 오늘도 이 꼴입니다.
네, 변명하는 건 아니고요.

손영숙

경남 마산출생, 경북대 국어국문학과를 졸업
2014년『문학청춘』시부문 신인상 등단
시집『지붕 없는 아이들』
2019년『대구문학』올해의 작품상을 수상

이메일: sys267@hanmail.net

파킨슨 아저씨

비틀즈를 좋아하셨나 봐
손수레에 올라앉은
낡은 녹음기 한 대
70년대가 줄줄 따라 나온다
최루탄 연기 속에서도
애절했던 그 가락
렛잇비 렛잇비---
기타라도 메고 오시지
덜덜 떨리는 손으로 건네는
속살 보얀 참외 한 조각
맛이라도 보시지
얼굴에 칼자국도 없는데
손사래 치며 달아나는
2000년대 여인들
렛잇비 렛잇비---
가게 두어라 그냥 두어라
길바닥엔 널브러진 플라스틱 소쿠리
빨간 고구마 노란 참외
한나절이 지나도록

한 소쿠리도 못 팔고
렛잇비 렛잇비 비에 젖어요
데모하다 잘린 그 형인지도 몰라
어둠의 시간은 찾아오는데
아무리 불러도 오지 않는 어머니*
맹물이 포도주가 될 때까지
렛잇비 렛잇비---

* Let it be: 70년대 유행했던 비틀즈의 노래
  When I find myself in times of trouble
  Mother Mary comes to me로 시작하는

그녀의 시 독법

가만히 있어도
심심찮게 찾아오는 시집
비스듬히 앉아
쉬엄쉬엄 뒤에서부터 차례로 만난다
민낯의 그가
맨발로 걸어 나온다
목소리가 말랑말랑하다
하품도 재채기도 더러는 방귀 소리까지 들린다
티도 때도 그대로 보인다
한참을 겁주지 않는 이 동네에서 놀다 보면
어깨 뻣뻣한 앞 동네
외투 깃 빳빳하게 세운 분들과도 악수가 된다
받치는 바닥을 먼저 보았으니
화장기 아래 숨은 얼굴이 짐작되는 터다
바닥의 힘으로
머리 꼭대기의 권력
화장기 위에 덧칠한 해설까지도
머리 끄덕여진다
벌써 행간의 복판에 서 있다

두 얼굴

겨울이
여름의 밑그림이듯
봄이
가을을 그리고 있다

꽃이
열매의 얼굴이듯

헐벗음 또한
무성함의 얼굴이다

무성한
꽃인 당신

헐벗은
열매인 당신

양민주

경남 창녕 출생

2015년 『문학청춘』 시부문 신인상 등단

시집 『아버지의 늪』 『산감나무』

수필집 『아버지의 구두』 『나뭇잎 칼』

원종린수필문학작품상, 경남문학우수작품집상

이메일: yamjng@naver.com

목욕물 마신 새

마당귀 돌절구에 빗물 고인
볕 좋은 날
직박구리 날아와 목욕하고
푸르르 몸 털고 날아간다
어떤 볕 좋은 날은
오목눈이 날아와 물 마시고 간다
원효대사 해골물 마시듯
시원하게 목축이고 간다
직박구리가 목욕한걸
오목눈이는 알까?
오목눈이가 직박구리를 만난 날
어떤 볕이 좋은 날
하릴없어 한 물음 던져보는 것이다

부음

엄마의 울음을 처음 보았다
검정 고무신에 콧물 찔찔 흘리던 날
나는 마당에 작은 구덩이를 파고
구슬치기를 하고 있었다
구슬 속으로 숨어든 하늘을 깨트리고 있는데
중절모에 허름한 양복 입은
중년의 사내가 찾아와
엄마에게 누런 봉투를 전했다
봉투를 받아든 엄마는
갑자기 울음을 터트리며
신발을 신는 둥 마는 둥
냅다 대문 밖으로 뛰어나갔다
모이를 쪼던 닭도 푸드덕 튀어 오르고
나도 깜짝 놀라 멍하니 바라보고 있었다
그 누런 봉투, 그 한 소식이 무엇이길래
엄마는 대성통곡하며 뛰쳐나갔을까
지금도 잊히지 않는 엄마의 울음
처음 보았다

수진

2015 『문학청춘』 시부문 신인상 등단

이메일: soojin372@hanmail.net

칼 페리스 밀러의 목련원

여물어가는 봄빛이 학처럼 허공에 나래를 피면
검은 태양으로 잠든 영혼을 깨우는 사월이 오지요

큰 별 목련이
큰 별로 빛나는 꽃잎 나래들

서툰 모국어로 하얀 노래를 불러요
어느 행성에서 빛나고 있을 그대를 위하여

불쑥불쑥 고개를 내미는 두더지처럼
그리움으로 솟구치는 꽃들의 함성

떨어지는 음표 따라
눈물 한 움큼

잎이 지고 별이 지고
잎이 피고 별이 뜨고

사살 사살 개구리 넋두리

구멍 난 나뭇잎처럼
가슴을 뚫어요

시간을 영원처럼 쓰고 간
슬픈 나무 바보
어여쁜 꽃 바보

선암사 꽃무릇

눈이 부시게 아름다운 날은 선암사로 가지요

가장 뜨겁고 가장 눈부신 인내로
초록을 이겨낸 선홍빛 전설을 보러 가지요

자칫 어긋나 영영 돌아오지 못한 곁을
파란 풀뱀들이 스쳐 지나고
붉고 붉은 마디마디가 그리운 눈물이 되었지요.

잃어버린 고독을 지켜내기 위해
니체의 철학 아모르파티를 바람의 노래로
흐르는 계곡물을 쇼팽의 즉흥 환상곡으로
왈츠의 리듬을 타는 붉은 영혼들

낮과 밤이 섞일 수 없는 것처럼
살아서는 영영 만날 수 없는
그리움을 토해낸 피가 상사화인가요

갈잎의 하모니

지구가 자전을 하며
하나하나 별의 이름을 기억하듯
떨어져 누우면서도
서로 서로의 이름을 불러 모으는
갈잎의 하모니

봄빛이 언 강을 깨도 놀라지 않는 것처럼
놓치고 싶지 않은 가을 끝자락에서
닻을 올린 어머니

내 안에 고인 시퍼런 눈물 한 바가지
삭아가는 시월을 씻기며
잎 지지 않고 꽃의 자리
짚어 볼 순 없을까

뼈의 넋두리가 두서없이 아린 오후

지속을 포기할 때
존재의 가치가 빛나는
저문 강에 서서

이일우

전북 무주에서 출생
서울교육대학, 가천대 국문과 박사과정 수료
2016년『문학청춘』시부문 신인상 등단
시집『여름밤의 눈사람』

이메일: ridssyong@hanmail.net

참꽃 7

핀다
또 핀다
꽃이었는데 너는
꽃 속에 들고
혼자다
봄이 오고
또 와서 너를 들춰내고
자꾸 헛것이 보인다
묻어둬야 하는데
묻어뒀어야 했는데
들킬 일 없는 봄은 그냥
진다
또 진다

환장하겠네

참꽃 8

춥다
외꺼풀이어서볼이붉어서아니고요봄이라고터억찾아와옛
날은다바람에날려버리고다소곳이기다리는바보
추우니 선하다

참꽃 9

참깨 참나물 참새 참나리
참말 좋다

뭐니 뭐니 해도
참이슬 머금은 네 볼
참말로 좋다

곽애리

강원도 평창 출생
1985년 미국으로 이주
2017년 『문학청춘』 시부문 신인상 등단

이메일: songbirdaelee@gmail.com

우기의 불효

친구는 엄마가 돌아가시고
부랴부랴 서울로 떠났다.
나도 더 이상 미룰 수가 없었다.

그립던 마을
멀구슬나무가 다섯 해를 꽃 피우고서야
도착한 엄마 집

이렇게 와서 좋은데 또 가야 한다 생각하니
만나자마자 떠날 서러움에 눈물이라니
보라색 꽃도 어깨를 흔들며 비에 젖는다.

그날 저녁에 알아버렸다.
먼 곳으로 간 시집은
가늘고 긴 우기의 비일 뿐,
비에 젖은 엄마 집의 보라색 꽃일 뿐

90도는 싫어

빳빳이 세운 고개, 수직상승
천장을 꿰뚫을 수 있는지 모르지만 사선의 멋은 볼 수 없어

곡선의 언덕에 숨어있는 보물들은 얼마나 대견한지

90도는 위태롭지 않겠지만 고개를 숙일 줄을 몰라
얼마나 많은 빛의 각도를 놓치는지

비탈길에 누운 바람의 입술과 풀꽃의 밀어를 듣지 못하고
측면과 옆면과 귀퉁이와 모서리
햇빛에 드러난 거미의 날개 춤을 보지 못하고
모든 것을 보았다고
그렇다니까
오만의 각도에서 볼 수 없는 경사의 미학

홀로, 간혹

비스듬히 고개 숙이고
무릎을 땅에 대고

귀 기울여 곰곰이 들어봐

당신이 과연 누구인지

김연순

2018년 『문학청춘』 시부문 신인상 등단
제30회 경기여성기 · 예경진대회 시부문 우수상 수상
제2회 부천시 시가활짝 우수상
한자끝장 김쌤 YouTube 크리에이터

이메일: freshkys@naver.com

그렇게 서서

나는 나를 망초꽃이라고 불러요
나는 바람의 푸른 전령
한 잎의 꽃잎에서 꽃잎으로 건너가는
시간의 매듭을 풀며
벤치 옆 어린 아카시아를 조용히 쳐다봐요

바람이 잦고 해가 지면
개미가 발등을 타고 올라와요
무당벌레가 마디가 긴 목을 타고 내 귀를 갉아 먹어요
먼지가 어깨 위에서 바람에 흔들려 가볍게 날아나가죠
나는 바람의 집

창문마다 지등을 내어 걸어요
밤이 깊을수록 어둠이 문지방을 넘다 무너지네요
거미집을 흔들며 그림자도 없이 흘러가는 바람
바람 위에 바람을 얹어 날려 보내요

벤치 옆 돌계단 벽에 망초꽃으로 기대어
거기 그렇게
밟혀도 나는 다시 일어나요

귀를 줍다

퇴근 시간 현관문 앞에서 귀를 줍는다
하얗고 공처럼 둥근

주여, 제게 귀를 주시면 우산을 쓴 아이의 웃음과
꽃의 심장도 태워버려 한쪽 귀를 가진
까마귀의 울음을 낳겠나이다 아멘.

　　　　　　　　　　　　　　　 - 책벌레의 주기도문 -

사막의 도마뱀이 벽 위에서 춤추는 듯
나무 의자에 앉아 당나귀도 귀를 만지작거린다.

시장 모퉁이 헤어끌레오 이발사는 가위질을 언제 멈춰야
할지
발목에 돋아난 한쪽 귀를 실룩거린다

바람이 누운 페요테* 발등 위에서
구불구불한 사막의 길 끝으로 달은 점점 커지고

순간의 고요 속

낙타의 발굽마다 하얀 소금이 돋아난다
현관문에서 까마귀도 귀를 달고 날아오른다

여보세요 여보세요
임금님 귀는 바람의 귀 임금님 귀는 바람의 귀

* 작고 가시가 없는 사막의 선인장 일종

바다

바다 발코니에서
낚싯대를 던져놓고 바다를 기다린다

서쪽으로 넘어가는 해그림자를 등 뒤로 숨기며
바다는 좀처럼 제 몸을 내어주지 않는다

바람 위에 앉아 해걸음에
붉게 젖은 내 발도 엉켜 무너진다

오랜 기다림 끝에
왼쪽에서 오른쪽으로
오른쪽에서 왼쪽으로 지느러미를 흔들며
물고기는 바위 섬을 지나간다

지나간다는 건 시간이 익는 것이다
바람이 파도가 되고
밀물과 썰물이 서로의 몸을 섞는 동안에도
노을이 진다

모래톱을 지나
바다는 이 저녁 어디로 흘러갈까

박상옥

1998년 『오늘의문학』 시부문 신인상 등단
시집 『얼음불꽃』 『끈』
산문집 『시 읽어주는 여자』
2018년 문우상 수상
한국시인협회 회원, 한국문인협회 충주지부 회장 역임, 문향 회원
『노은문학』 주간

이메일: 12rosa20@hanmail.net

밀밭에서

햇살에 빛나는 밀밭 사이로
감사하단 말이 출렁입니다

내가 이 별에서 밀을 경작하고
그 밀로 **빵**을 만들 수 있어서

사랑을 먹는 것으로 표현하고
빵의 언어로 말할 수 있어서

먹어야 사는 진리에 순응하고
먹고픈 것을 자랑할 수 있어서

밀알 떨어진 상처 난 자리에
나보다 아픈 당신을 느낄 수 있어서

한 알의 슬픔이 죽지 않으면
다시는 이 별에 돌아오지 못할 거라는
황금빛 목소리 듣습니다.

채송화

키 크고 화려하지 않아서
참 아름다운 당신
지구처럼 둥근
꽃 가생이를 따라가면
당신 없으면 살 수 없어서
가끔 울다.
기어이
만나는 당신

잡아줘요

빨래집게가 물 먹은 이불을 꽉 물고 있어요
그 이빨 힘들지 말라고 햇살이 바람을 밀어오는 베란다

꽉 잡혀있는 것은 벼랑까지 밀려온 투병으로
머리카락 없는 머릿속의 근심들

아가씨, 나 좀 잡아줘요.
희미하게 웃는 샛노란 언니 얼굴

저녁 그림자는 컴컴하게
웃는 그 입으로 들어가
드러난 이빨이 널린 이불처럼 하얘요

밤이 따뜻하여지라고 달이 샛노랗게 달려 나와요

김덕곤

2018년『문학청춘』시부문 신인상 등단
수학학원 강사(30년)

이메일: mineabba@hanmail.net

한낮에 떠돌기

안에서
밖을 본다

이 말은 한 편으로는 옳다
또는 한 편으로는 틀렸다

경계는 안팎 어디에도 속하지 않아서
이쪽과 저쪽을 모두 가지지만
나는 경계를 벗어난 탓에
이쪽 아니면 저쪽 어느 하나에만 속한다
속한다 해도 옳다 그르다에 걸리려나

밥을 먹고 조금은 나른해진 한낮

종이컵에 담긴 짙은 음료 한 잔을
반쯤 마시다 말고

이쪽저쪽의 사이에서 길을 잃은 척

덩달아 절반쯤 남았다 반이나 마셨다
해 묵은 말장난에 괜히 어지러워

문밖으로 보이는 하늘과
하늘을 가로질러 흐르는 구름과
구름을 미는 투명한 바람

간다와 온다 사이에도 소용돌이가 있어
짧은 휴식 시간을 사정없이 빨아들이는데

곤란에서 벗어나는 유일한 길은
버리고 샛길로 빠지기

서둘러 일어나서 열린 문을 닫는다

환한 대낮 꿈같은 떠돌기

야근 일기

밤이 깊었고
비는 추적이는데
요란한 기계 소리 속으로
엊그제 보았던 수렴항 통통배가 달려온다

그래 그렇지
멀리멀리 아득하게 먼 길 떠나는 어떤 날이라면
자동차도 기차도 아닌
자그마한 통통배를 타고 가야지
어렸던 그 언제인가의 나를 만나고
그 언제인가에서 더 낡은 기억들을 돌이켜 보며
느리지도 빠르지도 않은
딱 그 정도의 빠르기로
오르락내리락 파도를 넘고 넘다 보면
뱃속도 덩달아 울렁울렁거리겠지만
이쯤이야 뭐 대단할 게 있나 흰소리 한 마디에
헛기침하듯 시커먼 연기 한두 번 게워내고선

보이지도 않는 어떤 섬이 거기 있다면

당연히 자그마한 통통배를 타고 떠나야지

밤은 더 깊었고
비는 추적이다 그쳤지만
요란한 기계 소리 속 어딘가

통통배 하나
낮은 숨소리로 잠이 들었다

명제

바다와 하늘이 늘 함께 있다

처음부터 하나였다는
돌멩이처럼 단단한 명제

바다가 보이지 않는 땅에서
끊임없이 내 몸을 돌고 도는 바다를
가끔 잊고 걷다 화들짝 놀라워서
짧은 탄식을 흘린다

나와 바다는 늘 함께 있다

어딘가 허술해 보이는 명제 하나를
구름 가득한 저 너머 어두운 하늘에 쓴다

밤이든 낮이든
하늘을 볼 때마다 바다를 보는 것이다

작은 중얼거림은

요란한 기계 소리에 묻혀
하늘 또는 바다에 닿을 수 없을지도 모르지만

참인 명제는
언제 어느 때라도 항상 참이어야 하기에
내 몸에 흐르는 바다 한 조각을 베어 물고
등대인 양 손가락 끝에 불을 붙인다

오늘 밤에도 비는 오지 않을 모양이다

이우디

2014년『시조시학』등단. 2019년『문학청춘』시부문 신인상 등단.
2019년『한국동시조』신인상.
시집『수식은 잊어요』
시조집『썩을,』『강물에 입술 한 잔』『튤립의 갈피마다 고백이』

이메일: lms02010@daum.net

사막을 주장하는 바람은 일회용이다

주문한 적 없는데 어느새 입고 있었다
우아한 척 우아하지 않은 울긋불긋 난잡한 그것을

처진 눈두덩 복원할 황금빛 아이섀도
타든 입술 안도할 체리 핑크 틴트
불성실한 목덜미 장식할 최첨단 목걸이
귀고리에 반지 팔찌
대체 저 몸붙이들의 국적은 어딘가

산모의 젖처럼 퉁퉁 불은 오늘의 주문은 혁명

저 환한 것들이
사막을 더 사막답게 한다

희미한 밤의 희망과 선명한 낮의 절망이 단명하는 섬

철새처럼 노화한 거짓의 모듬살이 연대
놀음에 진심인 손가락처럼 낙후한 세계

지병은 지병이라서 절대 믿지 않기

사막의 생각 궁리한다 사막에 핀 꽃의 속말 듣는 사이

분리되는 우리
우리도 모르는 우리와 우리 사이 자라는 불안

해방하고 싶다

사막을 주장하는 바람은 일회용이다

바야흐로 당의정

칼슘이 빠져나간 기억 오래 졸이면
오늘은 망각
오늘의 목표 명랑이란 듯
오늘 배치된 춤은
환멸의 허들 뛰어넘어
사랑하는 노래가 되고 싶은지
흠집 없이 화려한 첫울음을 소환

모래의 시간 걸어 나온 비명이 창백하다

오늘은 유순한
오늘의 무게
오늘 계량한 춤은
매혹의 한 페이지
오작동 중인 숨에서 날아올라
우리의 사건이 되고 싶은지
증상 없이 신비한

과한 분홍을 받아먹은 비명이 투명하다

너의 심장이 온다

랜덤으로 온다

유배된 섬이 연결한 화요일의 바다 기억

젖는다

파랑에 젖는다

우리는 함부로 기회를 놓친다

사랑이 사람을 키우긴 해도 으르렁대기 일쑤
사람과 사람 사이 가면을 쓴 길의 역설이 사람을 태어나
게 한다

해석할 수 없는 행성과 해석할 수 없는 존재의 기억은
꿈인지 먼 중세인지

기원전 멸종된 애인의 입술이 스친 것 같은

유혹을 매혹으로 착각한 날은 화장을 한다
누군가 그리운 안쪽이다

눈먼 가슴이 부푼 엉덩이 복사하면 붉게 칠한 입술에서
눈꺼풀 짙은 달빛이 태어나고
향을 모으기 위해 꽃들의 생식기 훔친 밤, 구애가 난무하
는 꿈을 꾸었다

사랑이 사람을 만지면 음악이 탄생하는지

나비 날개처럼 가벼운 서로의 시간

콘트라베이스 선율 따라 어디에도 속하지 못하는 손길들
위기 인지 기회인지
달콤한 군것질이 아름다운 화음으로 곁을 지킨 마지막 이후

망한 계절의 기슭

막연히 막연한 우리의 거리 호탕인지 비굴인지

처음 짐을 푼 행성의 눈빛 더 유난한 것은
눈물에 빠뜨린 사랑 때문이다

우리 속에서 절망이 흥청거리고 있다

양시연

제주출생
한국방송통신대학교 국어국문과를 졸업
2019년 『문학청춘』 시부문 신인상 등단

이메일: sign7@hanmail.net

뇌촬영

삐삐삐 쿠왕쿠왕 뚜우뚜 찌르르르
여기는 공사판이다 쉴 새 없이 깨부순다
그 소리
흰 침대 따라
첫 아이도 울었다

귀마개에 헤드폰 빼어 내면 세상은 적막
병명이 무엇인지 더 이상 알지 말자
어쩌다
그리운 이름
찍히면 안 되기에

아무리 그래 봐라

빠앙빵 경적 울려 봐라, 위협 운전해 봐라
세상 온갖 잡소리 아무리 떠들어봐라
차 안은 소리가 없네, 거룩한 손말 세상

옆자리도 앞자리도 룸미러 안에서도
소소한 이야기꽃 손끝에서 피어난다
어느새 나는 이방인, 눈으로 듣는 이방인

그렇다면,
층간소음 저들은 어찌 알까
소리 때문 죽이고 소리 덕에 살아나고
아무리 그래 들 봐라, 그 세상엔 소리가 없다

송강 은배

배고픈 건 참아도
술을 어찌 참을까

세상에 하나뿐인
밴댕이 같은 은잔

기어이
은배 만들어
달덩이를 실었을까

김종식

2020년『문학청춘』시부문 신인상 등단

이메일: windkeeper19846@hanmail.net

온전한 집

　바다 전망대 난간에 붙은 거미집 해풍에 낙하산처럼 부풀려 떨고 있다 무거운 해무 이슬방울 줄줄이 꿰고서 잘도 버티고 있다 며칠째 바람을 안고 있는 저 힘 온 힘을 짜내고 온몸을 굴려 직조하던 주인의 손아귀 같다 습기가 사라져야 주인이 나타날까 집을 잃은 건가 돌아오지 않는 걸까?

　저 방사형 25각 25줄이 만든 완벽한 비율은 한 번도 불청객이 와 닿지 않았다는 것 저도 한 생명이라고 한때 따뜻한 아랫배였던 때가 있었다고 기둥에 붙은 줄들이 죽기로 버티고 있다

　매일 아침 털어내도 하룻밤이면 또 그만큼의 집이 생겨요 해장국집 아주머니 다육이 빼곡한 선반에 친 거미집 털어낸다 요놈들이 다 내 새끼들이에요 식당 일하고 얘들 돌보는 게 내 일이에요 물 먹은 잎 가차 없이 뚝뚝 잘라낸다 남편은 몇 년째 출장 중

행복한 노예

　나는 매일 보이지 않는 적과 싸우는 파이터 이제 막 대장
간을 오픈한 헤파이스토스처럼 바람을 두드려 길을 들이는
작업을 한다 바람을 다듬는 직업이라니 뜬구름을 잡아다 풍
선에 매다는 일종의 연금술사이다 쿵쿵 울리는 공장 소리는
하드록처럼 기계와 나를 들썩이게 한다 바람은 연인을 닮아
향이 있고 피부가 있고 각이 있고 방향이 있고 달리는 성질
이 있고 밥솥 같은 에너지가 있어 어디로 갈지 알 수가 없지
만 속성을 다루는 기술을 가진 내겐 식은 죽 먹기지 평생을
두드려 만든 나의 창고엔 각양각색 기성품들이 가득 쟁여있
으니까 얼마 전부터 나는 기계 소리가 그치면 적막감이 밀
려오는 장애를 앓고 있지 소음 가득한 공장이 놀이터라니
나는 바람에 사로잡힌 평생 노예

전병석

2021년 『문학청춘』 시부문 신인상 등단
시집 『그때는 당신이 계셨고 지금은 내가 있습니다』
『구두를 벗다』 『천변 왕버들』 『화본역』

이메일: jbs37@korea.kr

화본역*

화본역 대합실에 앉았다
떠남의 설렘이나
마중의 기쁨은 없다

기차를 타지 않으면서
기차를 기다리는 사람들은
아이스 아메리카노를 마신다

기차는 가끔 화본역을 향해
스치듯 손을 흔들고
카메라를 향해 오래 웃는다

서울처럼 기차에 실려 가던
그 절절한 희망과 꿈은
어디에서 타는지

전쟁처럼 기차에 실려 오던
그 많은 눈물과 그리움은
어디에서 내리는지

한때 빛났던 모든 희망 같은 슬픔
진심이 찍힌다면 화본역은
카메라 앞에서 웃지 않으리라

어떻게 기다릴까 마지막 기차
화본역은 카메라를 든 사람들처럼
아메리카노를 마시지 않는다

* 경상북도 군위군에 있는 간이역

다도해

외로운 사람이 바닷가에 서서
수평선을 향해 외로움을 던지면
수평선을 넘지 못한 외로움은
솟아올라 섬이 된다
작은 외로움은 작은 섬으로
더 큰 외로움은 더 큰 섬으로
저 많은 다도해의 섬은 외로운
사람이 던진 외로움이다
외로움을 모르거나
외로움을 사랑하지 않는 사람은
섬과 섬 사이에 다리를 놓지만
외로움을 알거나
외로움을 사랑하는 사람은
섬과 섬 사이에 외로움을 놓는다
눈물은 눈물로 위로하듯이
외로움은 외로움만으로 건널 수 있다
더 이상 건널 외로움이 없을 때
비로소 외로움은 수평선을 넘어간다
보라, 저 많은 다도해의 섬
외로운 사람이 던진 외로움을

몽돌 같은

볕이 좋아
바람이 좋아

파도가 밤새 겨울 이불을 빨듯
치대어서 포실포실한 몽돌을 골라

빨랫줄에 널고
집게로 꼬옥 집었다

저녁이 되어
보송보송 잘 마른 몽돌을 걷어
어머니 방에 넣어드렸다

감촉이 좋았는지
몽돌 같은 어머니는
기다리던 연속극도 보지 못하고

좌르르, 차르르 파도에 꿈 씻는
몽돌 소리 내시며
금세 잠이 드셨다

이상명

대구출생
경북대학교 대학원 교육행정(석사)
2021년 『문학청춘』 시부문 신인상 등단

이메일: lsm65254@naver.com

주파수

좌우로 돌리고 툭툭 때려도 보고 이곳저곳 옮기기도 했다
한 시절 듣기 위해 맞추다 보면 찌~찌~찍찍 엉킨 소리가
몸을 오싹하게 만들기도 했지만 그것쯤이야 버텨낸 세월이
베란다 한 귀퉁이서 먼지 섞인 소리 내고 있다

오늘도 누군가 허공에 대지에 날아올라 똬리를 트는 저걸
잡기 위해 감전된 듯 웅크리고 앉아 있을 것이다. 먼저 낌새
를 알아차린 자만 땅에 뿌리내릴 수 있다고 작은 입 더 크게
벌린 채

새로 생긴 주파수 추파를 던지면 밑밥 던진 바닷가 고기
몰려들 듯 곳곳의 밀실에서 우글우글거릴 것이다 툭툭 건드
려보고 애태워가며 먹이를 삼키는 축도 있을 것이다

어금니와 송곳니로 꽉, 물어보기 전에는 아무도 모른다,
새로움에는 또 다른 이빨을 가진 아가리가 있다는 것을

파쇄기가 있는 풍경

외로움에 빨려드는 몸짓을 보고 있다
불끈했던 힘줄
뿌려진 흰 피 냄새 사방에 자욱하다
훨훨 쪼여가는 불길에 고승은 사리라도 남기는데
흔적조차 남기지 못하는 저 생들

저건 가슴에 해독하기 어려운 진실이
예리한 칼날에 목을 내미는 것
저 짐승은 마파람에 게 눈 감추듯 너른 위벽에
쌓아두고 틈틈이 되새김질할 요량

저 생들은 필시 알고 있는 것이다
퇴적물 겹겹이 널려진 탈묵실에서
먹물 먹은 것 다 벗겨지고 세포가 찢겨나간 뒤에야
깊은 골짜기 두꺼운 얼음 속 물소리 들을 수 있다는 걸

개미 급류에 빨려 들어가듯
건질 수 없는 마음을 지켜보는,
몸이 마르는 밤이 별나게 깊어간다

임문익

본명 임익문

1958년 익산 출생

2021년『문학청춘』시부문 신인상 등단

현 법무사

이메일: imm1219@hanmail.net

공배를 메우며

얼마나 흘러왔을까
날아오르는 철새 떼
추적추적 가을비에 속곳은 젖어
늘어지는 육자배기에
몸피는 한없이 헐거워진다

산다는 건 어차피 한판승부지
내기바둑으로 지샌 날밤들이 귀밑머리에서
희끗희끗 반란을 일으킨다

애당초 고자좆이나 되려고
판을 벌인 건 아니었지만
쭉정이든 알곡이든 칠흑 같은 밤에도
모두 가슴에 지등을 켜고
흐드러진 찔레꽃 날망을 꿈꾸었지만
진갈맷빛 대궁이 짙어만 가는
어둠조차 눈뜨는 작살비에
너나없이 우듬지를 향해 몰려갔건만

너른 강심을 마다하고 샛강으로 해찰만 일삼았던 나날들
낮술에 취해 불그레 물들던 조각달
도깨비와 함께 끈덕지게 따라붙던 황톳길
잉걸불처럼 타오르던 외사랑
젖어미 살품을 파고드는 회한의 눈물
억새처럼 빛났던 젊은 날이여

검독수리 정수리를 고눠 쉼 없이 던졌던 짱돌은
번번이 날카로운 역습으로 튕겨 나가고
시난고난 사랑도 젊음도 떠나갔다
마지막 뒤집기 승부수를 띄웠지만
해뜰참에서 해넘이까지
한판승부는 없었다

지노귀새남, 끝없는 윤회를 벗고
저무는 들판에 떠도는 넋
서녘으로 지는 꽃구름
지평의 끝으로 소멸하길

걸치고 벌리고 기대고 두드리고 때려내고
남은 마지막 공배를 메운다
한 줄금 연기가 피어오른다

자화상
— 큰형님 팔순에 부처

실안개 내리는 만경강변을
나는 걷고 있을 것이다

만선의 깃폭을 접고
여명의 열망도 지평에 걸어두고
혼돈의 강을 따라
갈대숲 해오라비와 함께
숙명처럼 그렇게 걸었으리라

불타는 넝쿨장미도 없이
지천에 흐드러진 별꽃도 없이
함께 동행할 공자도 없이
먼 하늘 지친 소리개
날개 그림자가 달빛을 지우는 밤
늑대는 깊은 어둠을 향해 컹컹대고
나는 홀로 걷고 있었을 것이다
저 허공에 의지하여

까마귀 흩어지는 광활 들녘을 지나

진묵대사 허연 수염이 뿌리내린 망해사
추녀 끝 풍경소리에 바다 울음은 밀려가고

팽나무, 저 헛꽃에 스며들어
말 아닌 말 살아내고
꽃 아닌 꽃 피워낼 것인가

수정처럼 맑은 이마에 소박한 질그릇을 동여매고
짙푸른 강심에 순수한 꿈 적시며
나는 진펄밭을 걷고 있을 것이다

이선국

강원도 고성 출생
한국방송통신대학교 법학과 졸업
2012년『문학청춘』수필부문 신인상 등단
한국문인협회 회원, 문청작가회 회원, 고성문학회 고문,
물소리시낭송회 대표
저서『길 위에서 금강산을 만나다』『고성지방의 옛날이야기』
수필집『짬바리를 아시나요』등 다수

이메일: skl2425@naver.com

백운산방 白雲山房

인간 생활의 세 가지 기본 요소 중 하나가 집입니다. 집은 사람이 추위나 더위를 피하고 비바람을 피해 그곳에 들어가 살 수 있는 공간입니다. 머물거나 쉴 수도 있습니다. 우리는 늘 그곳에 몸을 맡기고 살아갑니다.

고대엔 동굴과 협곡 등 자연 지형에서 은신처를 찾았다면 점차 문명이 발달하면서 움막으로, 일상생활의 편리에 따라 만들어진 주택과 아파트 등 주거시설과 환경도 무수한 변천을 거듭하여 왔습니다. 요즘은 인구의 도시 집중 현상으로 인구밀도가 높은 지역은 좁은 공간을 이용한 고층 아파트가 대세입니다.

사실 아파트는 편리한 주거 공간이기도 하지만 마치 새장 같은 집입니다. 자연과 함께하는 공간이 아니라, 말 그대로 옥상옥屋上屋이 아닐 수 없습니다. 많은 사람이 모여 사는 도시에 빼곡한 콘크리트 숲속 아파트지만 아늑함보다는 늘 섬처럼 외롭고 쓸쓸하다는 표현이 옳습니다.

사람들은 보통 태어나서 평생 세 번 정도 짓는다고 합니다. 물론 한 번도 짓지 않는 사람도 있고, 세 번 이상 짓는 사람도 있습니다.

내 경우, 첫 번째 집은 아버지와 함께 지었습니다. 실향민

이셨던 아버지는 셋방살이를 전전하다가 어렵사리 집 지을 작은 땅을 갖게 되었습니다. 바다를 매립한 불땅이었습니다. 어렵게 마련한 그 땅에 통블럭을 손수 리어카에 실어와 한 단씩 벽체를 손수 두르고 또 쌓아 슬레이트 지붕을 덮은 단칸집이었습니다. 집 지을 때 그 곁에서 고사리손을 보탰습니다. 비록 좁은 단칸이었지만 셋방살이 때처럼 집주인 눈치 볼 일이 없는 내 집이라는 사실이 믿기지 않을 만큼 뿌듯했던 기억이 지금도 선연합니다. 비록 단칸집이었지만 어엿한 집주인으로 탈바꿈한 것이었으니 그 기쁨이야말로 형언할 수 없었지요. 세상 부러울 게 없는 순간이었습니다.

그러나 몇 해 후 읍내 소도읍가꾸기 사업이 시행되면서 단칸집은 새로 개설된 도로에 편입되어 순식간에 헐리고 말았습니다. 물론 적은 보상과 함께 도로변에 새로운 부지를 얻는 기회가 되기도 했었습니다.

그곳에 다시 집을 지었습니다. 아래층은 상가로, 이층은 살림집이었습니다. 없는 살림살이에 건축비용이 부담스러워 열댓 평의 작은 공간이었지만 이 역시 도로변 상가라서 금방 부자가 된 듯싶었습니다. 두 번째 집이었습니다. 어렵게 완성된 그 집에서 결혼도 했고, 두 아이도 태어나 식구가 늘었습니다. 늘어나는 것 같지 않았지만, 세월만큼 어느새 살림살이도, 식구도 모두 불어나 있었습니다. 나이만 늘어나는 것이 아니라 짐도 늘었고 모든 것이 불어난 셈이었습니다.

애당초 넓지 않은 공간은 늘어난 식구로 살수록 더 좁을

수밖에 없었습니다. 하지만 뾰족한 방법이 없었습니다. 지금 같으면 좁은 집을 얼른 팔고 더 큰 집으로 옮겨갈 수도 있었겠지만, 감히 엄두를 내지 못했습니다. 궁여지책으로 두 번째 집을 처분하고 조금 더 넓은 집으로 옮겼습니다. 하지만 갈수록 집은 더 좁았습니다. 집이 좁은 것이 아니라 삶이 점점 더 늘었던 것을 나중에야 알았습니다.

평생 다니던 직장을 그만둘 무렵, 오랜 세월 함께할 안락하고 편한 둥지가 필요했습니다. 여생에 동반자가 되어 줄 보금자리를 다시 만들기로 맘먹었습니다. 아침 일찍 출근해 온종일 직장에 있다가 밤늦게 들어와 잠만 자고 나오는 하숙집이 아니라 남은 생을 보낼 집, 많은 시간을 보내야 하는 집, 늙음에 더 편리하고 실용적인 공간이 필요했습니다.

백지에 연필로 집을 그렸다 지우기를 반복하다가 비록 배산임수背山臨水 지형은 아니지만, 볕이 잘 들고 밤마다 달과 별을 볼 수 있는 작은 공간의 집을 마련하기로 했습니다. 세 번째 집을 짓게 된 것입니다. 물론, 그동안의 집보다 조금 큰 규모의 집이었습니다.

들뜬 마음을 감출 수 없었습니다. 내가 짓고 싶은 집을 짓는다는 것은 말로 표현할 수 없을 만큼 설레는 일이었습니다. 만족했습니다. 비록 산골이지만 상원봉에서 발원해 백운동 계곡을 굽이돌아 흘러내리는 샛강 언저리라서 내친김에 백운산방白雲山房이란 택호까지 지어 붙였습니다. 그뿐만 아니었습니다. 거실이 보통 이층집 높이만큼 높은 천장에서 두 번째까지 얻지 못했던 작은 자부심까지 얻었습니다. 동쪽과 남쪽 커다란 창을 통해 쏟아지는 햇살, 밤마다 거실을 찾아드는 달님과 별님이 가장 가까운 이웃이고, 둘러진 산 숲은 큰 정원이 있는 저택보다 더 이상 부러울 게 없습니다. 정말 따뜻하고 실용적인 집입니다. 물론 완벽할 수 없지만 나름대로 심혈을 기울여 지은 집이라서 더 애틋하고 각별한 정을 갖게 되었습니다.

더 이상 집 지을 일이 없겠다 싶었지만, 사람의 욕심은 끝이 없습니다. 또다시 집을 짓고 싶어졌습니다. 그간 집은 목수와 기술자들이 지어준 집이라면 이제 새로 지을 집은 손수 지을 작정입니다. 구상도 설계도 없습니다. 날마다 터를 닦고 벽체를 둘러보지만 탐탁지 않습니다. 이제 시작한 집은 언제 끝날는지 모릅니다.

지금 지으려고 하는 집은 육신을 맡길 집이 아니라 마음을 담아 둘 집을 지을 구상을 하고 있습니다. 마음 편히 쉴 수 있는 집, 바람이 마음껏 드나들고 구름도 쉬어가는 집, 밤마다 별꽃과 달빛이 활짝 피어나는 집, 찌든 삶을 빨아서 맑은 햇살에 널어 말릴 수 있는 집을 짓고 싶은 것입니다.

돌아보면, 사는 내내 살얼음판을 걷듯 조심스러웠습니다. 때론 무거운 짐을 들 듯 힘들었습니다. 갈등의 틈바구니에서 버텨야 하는 경우도 많았습니다. 버틴다는 것도 여간 힘든 것이 아니었습니다. 이제 그 모든 것을 포기하려고 합니다. 백운산방을 서성거리며 온종일 생각을 지우고 다시 고된 삶을 하나씩 정리하는 시간을 가지려고 합니다. 해 질 녘 짙푸른 벼랑 끝에서 소소한 일상을 찾고 있습니다.

문학청춘작가회 회칙

제1장 총칙

제1조(명칭) 본 회는 '문학청춘작가회'라 칭한다.

제2조(목적) 본 회는 '문학청춘'으로 등단한 문인들의 문학적 소양을 증
진시키기 위한 상호 교류의 터전을 마련하고 궁극적으로 회원들
의 모지인 '문학청춘'의 발전에 기여함을 그 목적으로 한다.

제2장 회원

제3조(회원의 자격) '문학청춘'을 통해 등단한 문인들을 원칙으로 한다.

제4조(권리) 회원은 총회를 통하여 본 회의 운영에 참여할 권리를 가진
다.

제5조(의무) 회원은 본 회에서 정한 사업에 참여하며, 회칙 및 의결사
항을 이행하고 회비를 납부하는 의무를 지닌다.

제6조(자격상실) 회원으로서 품위를 손상시키는 행위를 하거나 회비를
2년 이상 미납한 경우 이사회의 의결을 거쳐 회원자격을 심의한
다.

제3장 기구

제7조(총회)

1. 총회는 본 회의 최고의결 기구로서, 회원으로 구성한다.

2. 정기총회는 연1회 회장이 소집하여 개최하는 것을 원칙으로 한다.

3. 임시총회는 이사회 또는 재적회원 1/3 이상의 소집요구에 의하여
개최할 수 있다.

4. 총회는 사업계획, 임원선출, 예산편성 및 결산, 회칙개정, 기타 중요사항을 심의 의결한다.

5. 총회는 재적회원 과반수의 출석으로 개최하고 출석 회원 과반수의 찬성으로 의결한다. 단, 회원은 위임장을 통해 의결권을 다른 회원에게 위임할 수 있다.

제8조(이사회)

1. 이사회는 회장, 부회장, 이사로 구성한다.

2. 이사는 총무이사와 지역이사로 구성한다.

3. 이사회는 회장이 필요하다고 인정할 때나 임원 과반수의 요구가 있을 때 소집한다.

4. 이사회는 총회 의결사항의 집행, 총회에 부의할 안건의 예비심사, 업무집행 및 사업계획 운영, 기타 중요사항을 의결한다.

5. 이사회는 이사의 1/2 이상 출석으로 개최하고 출석인원 과반수의 찬성으로 의결한다. 단, 이사는 위임장을 통해 의결권을 다른 이사에게 위임할 수 있다.

제4장 임원

제9조(구성) 본회는 회장, 부회장 3인, 총무이사, 감사, 지역이사 3인을 둔다.

제10조(회장)

1. 회장은 정기총회에서 선출하고 그 임기는 2년으로 하고 연임할 수 있다.

2. 회장은 본 회를 대표하며 본 회의 업무를 총괄한다.

제11조(부회장)

1. 부회장은 이사회에서 추대하고 그 임기는 2년으로 하고 연임할 수 있다.

2. 부회장은 회장을 보좌하되, 회장 궐위 시에는 연장자가 업무를 대행한다.

제12조(감사) 정기총회에서 선출한다.

제13조(이사)

1. 이사는 회장이나 이사회의 추천으로 총회의 인준을 받아 임명하고 그 임기는 2년으로 하고 연임할 수 있다.

2. 이사는 이사회를 통하여 본 회의 업무에 관한 사항을 심의하며 회장으로부터 위임된 사항을 처리한다.

제14조(고문) 임원 외에 약간의 고문을 둘 수 있다.

1. '문학청춘' 발행인 또는 주간을 상임고문으로 둔다.

2. 고문은 발행인 추천으로 이사회에서 추대하고 임기는 별도로 정하지 않으며 회장과 이사회의 자문에 적극 협조한다.

제5장 재정

제15조(내역) 본 회의 재정은 회비, 찬조금, 기금, 기타 사업 수익으로 한다.

제16조(회비) 본회의 회비는 연회비로 납부한다.

1. 회원의 회비는 연회비로 20만원을 납부한다.

2. 임원의 회비는 연회비 30만원으로 한다.

제6장 사업

제17조(동인지 발간) 본 회원들의 작품(시와 산문)을 엮어서 매년 1회 동인지로 발간한다.

제18조(문학기행) 연1회 회원들이 거주하는 지역을 중심으로 문학기행을 한다.

제19조 동인지 발간 및 문학기행은 참가회원 중심으로 실시한다.

부칙

1. 본 회칙에 규정되지 않은 사항은 관례에 따른다.

2. 본 회칙의 개정은 이사회 혹은 재적회원 1/3 이상의 요구에 따라 발의할 수 있으며, 총회에서 출석회원 2/3 이상의 찬성으로 의결한다.

3. 본 회칙은 본 회의 제1차 정기총회의 의결을 거친 날로부터 효력을 발생한다.

4. 2017년 7월 8일 정기총회에서 논의된 내용은 차기 집행부가 권한을 위임받아 이사회를 거쳐 개정 공지한다.

문학청춘작가회 발자취

2015. 6. 16. 계간 『문학청춘』 사무실에서 유담 시인과 김영탁 주간이
'문학청춘작가회' 창립 발의

2015. 7. 14. '문학청춘작가회' 창립준비위원 5인(유담 · 이태련 · 홍지
헌 · 류인채 · 김영탁) 1차 창립 준비모임. 고문(이수익 · 김
기택 · 김영탁) 위촉.

2015. 7. 28. 2차 준비모임(김선아 시인 동참)

2015. 8. 18. 3차 준비모임(창립취지문 및 창립총회 최종 점검)

2015. 9. 5. 문학청춘작가회 창립 총회

초대회장 : 유담 시인,

부회장 : 이태련 수필가 · 홍지헌 · 김선아 · 류인채 시인

홍지헌 시인 시집 『나는 없네』 발행

2016. 7. 3. 제2회 정기총회

양민주 시인 시집 『아버지의 늪』 발행

백선오 시인 시집 『월요일 오전』 발행

류인채 시인 시집 『거북이의 처세술』 발행

2017. 7. 8. 제3회 정기총회

제2대 회장 : 민창홍 시인

부회장 : 김요아킴 · 손영숙 시인

지역이사 : 이선국 수필가, 양민주 시인

동인지 편집장 : 류인채 시인

2017. 11. 4. 임시총회

정기총회 날짜를 계간 『문학청춘』 창간 기념 행사에 맞추

기로 함.

김요아킴 시인 시집『그녀의 시모노세끼항』발행

손영숙 시인 시집『지붕 없는 아이들』발행

김선아 시인 시집『얼룩이라는 무늬』발행

2018. 1. 20. 문학기행 – 경남 창원 일원 8명 참가(경남문학관, 마산 시의거리, 문신미술관)

김미옥 시인 시집『어느 슈퍼 우먼의 즐거운 감옥』발행

민창홍 시인 시집『캥거루 백을 멘 남자』발행

이나혜 시인 시집『눈물은 다리가 백 개』발행

2018. 11. 17. 문청동인지 창간호『눈가에 가지 끝 수관 하나 심으면』발행

제1회 문학청춘작가회 동인지 우수작품상 유담 시인 수상

2019. 6. 15. 문학기행 인천광역시 일원(차이나타운, 동화마을, 자유공원, 월미도)

2019. 11. 9. 문청동인지 2호『그날의 그림자는 소용돌이치네』발행

제2회 문학청춘작가회 동인지 우수작품상 김미옥 시인 수상

2019. 11. 9. 정기총회

민창홍 회장 연임. 이일우 회원 수석부회장 추대

2019. 12. 류인채 시인 시집『계절의 끝에 선 피에타』발행

유담 시인 산문집『늙음 오디세이아』발행

이강휘 시인 시집『내 이마에서 떨어진 조약돌 두개』발행

2019. 12. 27. 손영숙 시인 대구문학 올해의 작품상 수상

2020. 4. 김요아킴 시인 시집『공중부양사』발행

이우디 시인 시집『수식은 잊어요』발행

2020. 6. 1. 추천 심의를 거쳐 충주에서 활동 중인 박상옥 시인 입회

2020. 10. 9. 김선아 시인 〈의제헌 김명배 문학상〉 수상

2020. 10. 18. 김요아킴 시인 제9회 백신애창작기금 받음

2020. 12.　문청동인지 3호 『고양이가 앉아 있는 자세』 발행

　　　　　제3회 문학청춘작가회 동인지 우수작품상 민창홍 시인 수상

2021. 4. 2　이일우 시인 시집 『여름밤의 눈사람』 발행

2021. 7. 22　전병석 시인 시집 『천변 왕버들』 발행

2021. 12.　동인지 4호 『참꽃』 발행

　　　　　제4회 문학청춘작가회 동인지 우수작품상 이일우 시인 수상

2022. 1. 25　민창홍 시인 시집 『고르디우스의 매듭』 발행

2022. 10. 20　김석 시인 시집 『괜찮다는 말 참. 슬프다』 발행

2022. 10. 31　박언휘 시인 시집 『울릉도』 발행

2022. 11. 11　김미옥 시인 시집 『목련을 빚는 저녁』 발행

2022. 11. 11　최정옥 수필집 『프리지어꽃 필 때면』 발행

2022. 12. 24　전병석 시인 시집 『화본역』 발행

2022. 12.　엄영란 시인 시집 『장미와 고양이』 발행

2022. 12.　동인지 5호 『파킨슨 아저씨』 발행

　　　　　제5회 문학청춘작가회 동인지 우수작품상 손영숙 시인 수상